JN115316

夢泥棒　髙橋冨美子

思潮社

夢泥棒

髙橋冨美子

思潮社

扉写真＝高橋俊仁
装幀＝思潮社装幀室

目次

Ⅰ

Ⅱ

Ⅲ

夢泥棒

I

まだそこにいる

ののあるが生まれた日には
流された牛が泳いでゆく
夏がおおきな口あけて
呑み込まれそうですワタクシタチ

ののあるが伸びあがれば
海の蓋がひらくので
立ちならぶ釣り竿の
極彩色のルアー転がって

カラカラと蟬が笑う

ののあるはけたたましい
耳塞いで子どもたちが逃げてゆく
待てええ
鎌ふりあげる狼の息なま臭い
大風が去り
鎮まる地球にアナウンス
電車はみっつめの駅で停車中

ののあるが歩きだすと
山は動顚して火を噴き
川の水があふれだす
のお　のお
のある　のあある
ののあある

緯度

冬のさなかに桜が咲き
あんぎゃんぎーが還ってくる
血のにじんだ包帯の
左足ひきずる後ろ姿で
ぞわわぞわわ
花の枝が撓みしなり
激しい風に引き裂かれる宙(そら)
散らばる雲に
移りゆくものの正体をみる

あんぎゃんぎーはどこにいる
ゆっさゆっさ
鋭い嘴の鳥たちが
東から西へわたって
馬のお尻がとんぼ返り
しっぽ振られる冬枯れの野の
そこだけ緑の草しげる陽だまりに
下手な指笛聞こえれば
あんぎゃんぎーはそこにいる

午後のきつい陽射しには
思わず瞼が細くなる
あちらこちらで爆発がおき
築かれる瓦礫のやま
手向けられたとりどりの花束に埋もれて

みたび死んだ
あんぎゃんぎー
うす汚れた包帯の
左足ひきずる後ろ姿で

なんと罪深いワタクシタチ
駱駝のやさしい眼に
気を許してはならないのだ
ほら
ずっと南の
そのまた南の海の底から
駆逐艦が動かない影を運んでくる

こんな夜には

ぼおおお
ぼおおお
ひでぼーが泣く
空にむかって
赤い喉開いて
声なげだして
ぼおおお
ぼおおお
ひでぼーが泣けば

とおくの砂浜で
飼い主亡くした犬が吠え
神社の境内で
咲きはじめた桜が散る
ぼおおお
ぼおおお
線路づたいの
仄白い
星たちや
錆びた自販機
物陰に沈むオートバイも
みな身を震わせて
もらい泣き
ぼおおお
ぼおおお
剝がれた壁に

頭もたせ
門おろした
ひとびとの胸に
温かな涙あふれて
崩れた塀つたい
飛び散った瓦に
しみとおり
ほそい路地に
小さなながれとなる
ぼおおお
ぼおおお
ひでぼーが泣く
空にむかって
赤い喉開いて
声投げだして

跳ねる

そこには失ったものすべてが描かれているから　空白
の画布をまえに痩せっぽっちの少年の　ためらう筆が
とまる　きいい　ぎいい　木々がゆれる　裏山越えて
ゆれるぶらんこ　伸びる　曲がる　妹の膝小僧　昏む
すんで摑んだ枯れ草の先に膨れあがる水　怒り狂う海
の濁った勢い　うず巻く水底に引きさらわれた日常と
ひとびとと　ちいさな集落など跡形もない　一年経ち
二年経ち　五年が経ち　鎮魂の鐘の鳴る小高い丘に立
てば　いつだってあらわれる草いきれの道　学校がえ

りの友だちの笑いさざめく声　震えつづける肩おとし
駆け去る月日はたちまち黒い点になる　浮かびあがる
集落の屋根の向こう　色帯びはじめた海に魚が跳ねる

ゆうまづめ

泥んだ茜色の空を
いましがた
犬やネズミや恐竜
化け物などが渡っていった

列を離れた
喋りたがりの鳥が
嘴で窓をつついて
星の異変を告げにくる

タグボートの軍団に先導され
黒い覆面の舟が
動かない速度で浮かんでいる

完成しない詩をまえに
乾いたボールペンが
部屋の隅でキキコと啼いた

村に入れば

草深く
あばかれた墓地
からっぽの骨壺

朽ちた地図の
裂け目から
のっそり這い出る
おおきな乳房の牛たち

すりきれた畳のへりに
西陽射し
たんねんにマッチの軸並べていた
背のまるい女の声なく

山のかげなく
波の音なく

ただひっそりと
立ち動く影
夜には
衣服のすれる音

朝になれば
白い顔の月がのぼる

Fermentation

しずかな町の
昏い屋根に
地図ひろげれば

ぼおおと
黄色い灯りともして
無人の電車が通りすぎる

もう

はじまりましたか

痩せた黒猫が
爪先立ちの
のびをする

開いた口に
赫々と火は炊かれても

この地球(ほし)の
腐敗への道筋知るすべもなく
どこかで崩れる音

空に明滅する無数の光
ねっとり
月

海へ身を投げる

目覚めても
めざめても
夜
舟が漕ぎ出される時刻(とき)はまだ

くびれて

くびれてきたね
声がする
橋のまんなかに膨れた夕陽

海べりの道をゆく後ろ姿に
大声で呼びかける
少年のように痩せて死んだ友達が
ふり向いて肩をすくめて消えていった

岸壁の突端では
強い風に背中を押される
髪が逆立ちあらがうわたしは鬼の形相
荒れ狂う波の手に引き込まれる

海の底には
腕組みした幾千もの鬼たちが
この地球(ほし)の怒りを抱いて
ひしめきあっているのだ

夕陽はふたつ折れになり
ひしゃげた釘の形
つまんで海に投げ込んだら
じゅっと音がしてたちまち世界が昏くなる

夢泥棒

1

　重い扉が開いて靴音のしない廊下が続く。案内された部屋の窓には頑丈な格子がはめ込まれている。変わり果てたひとが寝かされていてこちらを見てふっと目の端をゆるめる。ベッドの両端に黒い服のいかつい身体つきの男がひとりづつ、椅子に座ったまま軽い会釈をよこした。ひっきりなしに箱から取りだすティッシュで口の端をぬぐっては枕もとに置く。床にこぼれているのもある。ふらふらと起きあがり絶対生きてやると天を仰ぐ。強い声の調子にふいをつかれ、骨張った肩に置こうとした手をひっ込める。日没せまる窓の外にはとぐろ巻く雲。私は風に散る鳥の群れの中にいる。

2

壁に掛けられた地図の蛇行する川追えば、みすぼらしい鳥の姿でゆるやかな海岸線の街にたどり着く。かつて暮らした家の窓がみえる。庭のすももの木もあのときのまま。ヴェランダの手すりが真鍮色に光って手招きするけれど、新しく住むひとの白いまなざしにしつこく追いはらわれて、降り立つことなどできない。蛇行する川辺を遡りふたたび壁の地図の中。ぎっしり卵かかえて、息苦しい空を飛んでいる。稲妻が光り、強い雷鳴。じきに雨も降りだすだろう。

3

日差しが去ってから長いときが経った。舞い降りる小雪で空がみえない。なぜこの場所にやってきたのか、わからないままに道の両側に並ぶ人の列に加わる。ガチャガチャ音たてていかめしい門扉の閂がはずされる。歯の根があわないほどの寒さに、凍りついた耳は研ぎ澄まされどんな小さな音も際だって聞こえるのだった。黒塗りの車が姿を現し、高い塀に囲まれたぬかるむ道に深い轍を残してゆっくり動きだす。しずしずと空に昇るそのあとをわたしたちは蟻になってぞろぞろ続く。雪が裸の肩や背にかかるけれど、もうすこしも寒くない。こうして消えていくのだと思っている。

Ⅱ

まっさかさまの

ゆめがまいばんぬすまれるので
わたしはこんなにやせてしまった

ゆめのかばん
こわきにかかえ
どろぼうがにげてゆく
きづいた
とうさん
いだてんばしり
そらから
いとがおりてきて

どろぼうが
するするのぼる
まてえ
とうさんも
するするのぼる
どろぼうがにげる
もくもく
もくもく
くもわいて
りょうてひろげた
みかづきの
やいばのうえを
どろぼうにげる
とうさん

やいばのうえ

おいかける
ちだらけのあし
ちだらけのみかづき

あしふみはずして
まっさかさま
どろぼう
おちる
まっさかさま
わたしも
おちる
とうさんも
おちてくる
あれから
ずっと
まっさかさま

よるのそらを
まっさかさま

コンサート

はろばろと
ふたつの笛からあふれだす
梅雨明けの空。

島に灯り点っても
緑の天使は駆けてこない。

金の笛
トゥリラ

銀の笛
トゥリルラ。

それは
えいえんの暗い波間を
彷徨いつづける
ひとびとの唄。

ひろがる地図の裏がわで
ようやく終わった戦いの
傷口はまだ埋まらなくて。

帽子深くかぶったあなたは
膝かかえて蹲ったまま
平穏な日々がほしいのです
お月さま。

瓦礫のなかに
埋もれたピアノ
鍵盤なぞる白い指細く。

金の笛
トゥリラトゥリラ
銀の笛
トゥリラトゥリルラ。

ふたつの唇短く息を吸う
歯はみえないの
そう
歯はみせないほうがいい。

Delete。

目ざめても
夢
はろばろと
赤い砂漠を行きまする
燃える砂漠を逝きまする。

昼想夜夢

手すりに鳥がきている
羽震わせとびっきりの澄んだ囀り

ゆうべ語り明かした
ふいに姿を消したねしやんについて
不確かなこの地球（ほし）の行くすえについて
凍る雪道に寝ていたねしやん
氷の海原駆けていた
いつも闘っていた

舌の根のまだ痛む枕もと
生まれたばかりの蟬が
ちっとかすれた音たてて飛んでゆく
赤い口が開いてゆくのに
わたしたちいつも知らんぷり
いつもよそごと

目のなかの海膨れて
押しよせる濁流に呑みこまれる
むかし寒い夏があったそうな
砂浜に打ちあげられるのはきまって鰯の群れ

ひまわりの道選んだとして
こちらを向くひまわり
けれど

うなだれるのもある
ねえ
ひまわり

背骨つなぎ合わせて
夏空にふくらんでいく雲
カランと
倒れた水筒の口欠けて
声のない影が散る
ようやく歩きはじめた幼児(おさなご)連れて

痩せた鳥がきている
翼震わせて鳴く
ねしあんねしあんと

影かたち

東へ向いて旅立つひと手を振る白いコートの裾風をはらんで膨らむその形思い浮かべながら歩く石畳に裸木（はだかぎ）がくっきりと影を落としているらぼくらぼくと口ずさみながらひょんひょんと歩けばほそい枝ふとい枝ちいさなふくらみ抱いて春の目覚めを待つ枝枝のさまざまな影かたち靴の下に踏みしだいてひとは歩いてきたのだ冷たい風に耐える

個の震えかたの微細な違いを気にもと
めず生きてきたのだ二羽の鳥の鋭い翼
が空をくぎって舞いもどるショッピン
グモールの流線型の屋根のむこうから
見つめてくる海の心がある視線が光る

みるく色した朝

歩こうといったら
強くかぶりをふるから
わたしはあなたをうちすてて
歩くことにする
きびしい稜線をかくして
きょうの山は穏やかだ
ふりかえると
あなたはいまにも歩きだしそうなのだけれど
あまい初乳のにおいがただよって

山すそから
生まれた少女の息づかい
あめふりあさがお
きつねのたんぽぽ
ひとつひとつ
ちいさな草花たおって歩く
布ぐつが露をふくんで重い
もう一度ふりかえると
歩かないひとは
歩きだしそうなけはいのまま
木になって
手をふっている
少女が駆けてくる
たしかな足どりで

五月

さようなら
聞こえない声がして玄関の扉が閉まる
ガランと広くなった四畳半
花を飾ろう
わたしは紫の花が好き
台所から
味噌汁の匂いがただよってきて
お腹すいたな

窓をかすめる黒い影よ
あなたが涙流すとき
わたしたち白い顔して
スクラム組んで
皇居前広場で　なく
日比谷公園で　なく
三越　伊勢丹　A・C・B（アシベ）　ともしび
後ろ姿追う街角
歩いて歩いて新宿御苑

人人人
支え合って生きること
長いこと忘れてました
きまってよく晴れるその日
なんて強い風
スピーカーが唄い

ビラが舞いあがる
くるくる足もとに転がる帽子
あわてて頭おさえるひとに届けてあげる
足の長いひと
ギターの好きな進藤くんではなかった

着信音

蜂がとまっているよ
あなたがいう
花柄のカーテンのうえ
落ちつく場所をさがしている
ちがう
あれは花アブ
ひらいた窓から
まよいこんだ一匹の虫の名を
告げようともせずわたしは

とおくの浜辺にうちあげられた
魚のしろい腹をみている
浅瀬にたゆたい
押しよせる屍のむれ

こわいね
やっぱりへんだね

季節の足どりは
とどめようもなく
なだれる若葉は
深い緑から
たちまち
鮮やかな黄色へと移り
どこかへ置いてきた大切なもの
揺れて

揺さぶられて
ぎしぎし音たてる吊り橋
髪ふりみだした鬼雲爪立てて
皮剝かれた夕陽が
オレンジ色に転がっていく

残暑見舞い

墜ちてくる
セミしぐれに
頭殴られ
死にそこなって
大島ザクラの
枝のひろがりに
抱きとめられる

終わった夏祭り
屋台消え

空はまだない
風ない
漂う雲ない
祈る心などもとより
一礼二拍手二礼と
書かれて
手を叩く音
しんと
水打つ

鳥居の下に横たわる
太った猫黒々
神さまかしら
けっしてまんなかは
通りませんから
傾斜するはしっこ

はしっこが好きです

北国から送られてきたのは心
カノコソウ
ピンクの
ちいさな花びらの

あのひとが逝った
このひとも
みんないなくなっても
これは夢で
夢から覚めても
夢で

おそい夏に

逝ったひとがしきりに思われる
深い藍色で
還っているのかもしれない

書けない詩の束かかえて
あ　と呼んでみる
き
あ
か
ね

スイと
一匹　浮かべてみる
二匹
三匹
浮かべれば
藍色の底にひそむもの
湧いては風にさらわれる
ことばにならないことばの群れ
流れてゆく
あかとんぼの名

きっぱりと
横向きのあなたの雲の道すじたどり
わたしも夏の名残りを浮かんでみよう
透きとおる羽震わせ
スイと

秋の眼

高くなった空に魚が群れる
さば雲
いわし雲
うろこ雲
明け方の漁の舟が
ぽつんぽつんと
雲間に浮かぶ
跳ねる魚に見むきもせず
せわしく季節をゆく

鳥たちの影

おはよう
モップを持って入ってきたのは
夫と名乗る男だ
腰をかがめ
部屋をまるく拭いて出ていった
はて
あのひとあんなに年取っていたかしら
結婚したのはいつだったか
思い出そうにも
頭のなかは
碁石でいっぱい

むら雲
ひつじ雲

まだら雲
くっついたり
離れたり
ふりつもる夏のホコリは
部屋の角にひっそりと身を隠し
輝く空の眼には届かない

旅先にて

ひと気のない町で
ぽつんと灯りを放つ店をみつけ
カウンターにもたれる
那覇の南にまたひとつ発生する模様
グラスを傾けながら
テレビの台風情報をぼんやり聞いている
身体のなかでぞわぞわと蠢く感覚があって
子宮の壁を蹴る足
突き上げる手

いきなりの胎動に
店をでて夜のなかを歩きはじめる
あたりは漆黒の闇
下腹部がうずく
産みたいという欲求がさしせまる
矢も楯もたまらず
手探りでしゃにむに歩く
陣痛
湿った風に急かされている
ふっと海のにおいがして
いきんだらするっと生まれた
生温かな感触
力づよく泣き
叫び
へその緒を切り躍りでたもの
たちまち手から離れ

頭上をかけ去り
むくむくと南方洋上に頭もたげる
音たてて降りはじめる雨
風速六〇メートル
雨量五〇〇ミリリットル
北北東へ

兎目（うさぎめ）

目のはしをうさぎが走る
脱兎のごとくである
現代（いま）のうさぎはチョッキも着ていない
鎖のついた時計も持っていない
鼻をうごめかすことも
耳をたてる様子もない
ときに宙（そら）を飛ぶことすらあると聞く
日ごと増えてゆく
走るうさぎ

海沿いの国道を青い息苦しげに
走りつづけるうさぎ　うさぎ
立ちどまれば
黒光りする甲羅から頭もたげる亀の
怖ろしい時間がやってくる
土砂降りの雨のなか
傘もささず走りぬけていった
血走った目をしていた
日没まぎわの太陽かすめ
吊り橋から身を投げるうさぎたちの映像
隣の奥さんが
エプロン捨てて走りはじめ
わが家の主（あるじ）も走りだそうとする気配
今夜も月の光が磨きあげる海面を
幾千もの影　滑る　走る　飛ぶ
満月が近い

Ⅲ

夢境

樹木に会いにゆくという
見送る背から雨が湧いてくる
森の奥の草いきれ
萩がゆれる

わたしは海に抱かれにゆく
青い裸身をひらいて波はわたしを受けいれる
かさなる水平線に
言葉もなく秋が来る

帽子に似た

明け方
夢のなかの焼き場では
歳月抱えた大腿骨が
つき崩され
乾いた音消して
壺に納められる

西方（さいほう）に
もくもくと

紫の雲湧いて
たちまち
帽子に似たかたち

もしも
空に意思があるとして
今朝の骨は
明日つき崩されるわたしたち
いいえ
それよりも
瞬くまに風に散り
空に溶けていったもの
あれは
あれはたしかに
帽子です

ひしゃげて

生け垣の闇の濃い家では
深夜の呼び鈴がなり
背中が痛いとほそく訴えるひとの声がして
苦しい寝がえりの気配

久しぶりに月のおとずれがあり
空の天秤が大きく傾いて
ううさぎうさぎと口ずさんでいます

満月がこの頃ひしゃげてみえる
目をこらせば小刻みに震えていて
肩をゆすって笑っているようでも
泣いているようでもあるのです

心をおさめ
路上にまっすぐ影を伸ばせば
光はいつも頭上にあるので
長いこと一緒に歩いてきたことに気づきます

杜

くくくくく
静かな夜明けです
音はそこまで届いていますか

くくくくく　くくくくく
わたしたちが生まれる前から響いている
あれは
責めたてられ追い払われ
身の置き所のなくなったものたちが
アオゲラの姿で神社の樫に穴を開けている音です
苔むした石段の上で老いた狐が踊っています

梟は目を瞑っています
ぬっしぬっし
夜っぴて歩きまわっていた大楠は
葉替わりしたばかりの若葉に埋もれて揺れています

あなたがもうすぐ命を閉じようとしているのに
世間は春
樹齢五〇〇年のエドヒガンが山のうえでしずかに花を開き
わたしたちは生きのびるために虫を探して
くくくくく　くくくくく時を刻んでいます

穴だらけ
ねじれて折れてなお生きる巨木穴だらけ
ざわざわなまぐさい風吹いてもうすぐ雨の気配です

ちっちゃおばさん

まるい水溜まりが
てんてんと続いているので
這いつくばって
廊下を拭いていると
台所でかたっと音がした
胸さわぎがして
叫び声あげて走りこむ
冷蔵庫の横の暗がりに
ちっちゃおばさんが

ちんと座っていた
水の底にいる間に
おばさんたら
ますますちいさくなって
立ち上がっても
わたしのお臍ぐらいの背の高さ
でも
いつか帰ると信じていたよ
頭のてっぺんのちいさな髷から
頬をつたい
首筋を這う水の筋が
袂のさきや
着物の裾から
ぽたりぽたり
しずくになって落ちているけど
おばさんはそんなことは

おかまいなしで
濡れた包みを大事そうにかかえ
細い目をますます細めている
そういえば
仲見世通りの突きあたり
細い路地入ったところのお芋やさんで
仕事帰りに
大学芋買ってきてくれたね
おかえりというと
糸のような目で包みを差しだした
受けとるとずしりと重い
じゃらじゃら石の音がする
あの日の未明
午前五時四十六分
突然の揺れ
自宅トイレで

便器にはまりこんだお尻抜こうと
格闘したおばさんが
畔にアザレアの咲く
大きな湖に浮かんでいると
通報があったのは
避難先から帰宅した年の暮れのこと
なぜ
あんなところに出かけたの
帰ってきたおばさんは
なにもしゃべらない
思い出したように
黒い穴のような口開けて
長いため息をつく
おばさんの口
こんなに大きかったかしら
黒いため息つくたびに

おばさんはちいさくなる
マトリョーシカみたいに
どんどんどんどん
ちいさくなって
小指の先ほどになり
ことんと床に転がった
わたしは
まだしずくの垂れる
それをハンカチにくるんで
おばさんちの庭の
咲き終わったばかりの
アザレアの根もとに埋めた

Y叔父

日本書記に引島（ひくしま）
下の関から舟で渡る平家最後の戦いの本拠地
赤間宮の能舞台にて
遊び好きな料理人の父の平家踊り
それはみごとな舞いだったと

ほうらおみやげ
行商で日銭をかせぐ母の商いの袋から
まだ目の開かないチンチラの赤んぼ三びき

静まりかえる縁先で
ひとり留守番の末の息子
教えられたまま水をやり餌をやり
ある朝起きると小屋はもぬけの殻
どこへ行ったんだろうねえ
泣きじゃくる子に母はおろおろしてみせる
大きくなったチンチラは
まなざし薄い二番めの兄さんから
市場の裏に住む背のまるい男の手に渡り
満州に売られたのだと

彦島
いまは陸つづき
色彩消えた島の内がわから言葉があふれ胸は塞がる

波音のしない晩だね

多弁なひとが
その晩ついに語らなかったのは
出兵から帰国までの　錆びないシベリアの記憶

今から舟に

いつかあんたが乗る舟だよ。ばあさまに抱かれおそるおそる狭い舟底をのぞく。旅立つものはほの暗い灯りの下でひたすら経本を読むのだという。送りの読経がながれるなか供舟に引かれしずしずと浜を出る。鉛いろの雲が前方にかかり薄くもれる陽をつたって懐かしいひとびとが降りてくる。鈍色に光る海はそれは神々しく、あんたは浄土へ導かれるのだと、ばあさまはうっとり夕方の海を見つめる。

十一月の北風の吹く夕方。これから朱塗りの舟に乗る。白い帆をあげ白い綱に引かれ、沖の綱切島をめざすのだ。見送りのひとのひしめく山門下り、一の鳥居くぐって、いよいよ舟へ向かおうというときに足がすくんで歩けない。長い修行に耐え、あの舟に乗るそのときが目のまえにきているというのに、震える足。指先や踵から細い根のようなものが生えて、地中にずんずん伸びてゆく。

ひらひら舟が揺れている。担ぎあげられ暗い舟底に押し込まれる空っぽの魂。かぶせられた蓋にゴンゴンと杭打たれ、呼んでも叫んでも声は届かない。厚い雲が閉ざす空に光りはなく、ばあさまの顔も浄土も消え読経も聞こえない。綱が断ち切られる。風に煽られ荒波に砕ける舟。

一の鳥居出たところ震えながら痩せた松が立っている

——熊野参詣曼荼羅（補陀洛山寺所蔵）より

めくりびと

古びた日めくりがひっそりとめくられるのはきまって夜明け前だ。ふたりきりの暮らしでは、朝食をとりながら日づけの下のつつましい言葉を目にしては、その日のはじまりにちいさく心を結んでいる。めくられた日づけはハレの日。あやうさを押しかくして海はすがすがしい空の色を湛えている。二発、三発、昼花火があがり、御座船と書かれた白い旗のもと三人の神主に守られたご神体が船に乗る。

「えーやあ」夜はだんじりの練り合わせ。ひと　ひと　ひとであふれる広場。「やあらせえ」日焼けした漁師たちの法被姿が重いだんじりを持ちあげる。「やあらあせえ」西が持ちあげれば東も応じる。うちわを持った囃子かた。ひときわ高くなる歓声にベランダに出て眼下の広場のなりゆきを見つめるふたり。饗宴がクライマックスを迎える頃、鉢植えのユッカの葉群からゆうらり影が浮かびあがり、てすりにもたれるひとりの背にふわりと身を投げかける。

「ええらいやっちゃ」「ええらいやっちゃ」

どどんと太鼓が打たれるたび、薄暗がりに剝がれ落ちる命。敗者のだんじりが引きあげれば路上を駆けまわる勝者の囃子。大小の異変のかけらを呑んでひとびとが散り音は鎮まってゆく。儚くなった影に気づかぬままふたりの暮らしはつづけられ、うす闇をまさぐるように、ひんやりとした手が日めくりをめくる。

メタセコイア

みぞれまじりの雨だ。道にかさなる落ち葉たちまち濡れて　並木のそばの草むらをさわさわと猿の群れが駆けぬけていく。

川が近くにあると冷たい水音が教え　木陰からあらわれた瘦せた男とすれちがう。道ばたによけるわたしに軽く会釈して錆びた自転車にまたがり　うんうんとかけ声かけながらかろやかに鉛いろの空へのぼっていく。

その道を通るたび男に出会う。黒目がちの大きな目はダイレクトメールでみた紛争の地の男の子を思い起こさせる。足は棒杭。腕は枯れ枝のようでほそい首は頭をやっとのことで支えている。

会うたびに痩せていくひとのまえではうつむいて言葉をさがすしかない。そしておずおず話しはじめるのだ。たとえば気持ちのよい朝ですねとか　きのうの晩は眠れましたかとか。

会うたびに痩せていくひとは唇の端をあげて怖がることはないといい。錆びた自転車のスタンドを立てる。わたしはいまにも折れそうな腕に抱かれ大きなまなざしに包まれる。
うんうんとかけ声かけながら　自転車でのぼるその日の空は晴れあがり　身の隠しようもないから父とわたしはよわい雲のかたちになるしかないのだ。

凍（いて）

異国に住むひとが二年半かかって翻訳した本がK書房から送られてきた。包みを開けるとトーマス・ベルンハルトという作者の名がこぼれる。白い凹凸の表紙に「凍」と黒い文字で書かれた分厚い本。春になって病癒えた友と桜の下を歩きたいと祈るように思うと、抱えた本が氷の塊のように重い。

「列車は谷筋の中をあえぎながら登っていった」文中の光景を反芻するように何度も同じ夢を見る。わたしの列車は叫び声をあげて走っていた。線路の継ぎ目に揺れる車体。緑色の固いシートのうえで縦に弾み続ける身体をもてあまし、凍てついた二重窓の外へ目をやれば白い塊のような雪が飛び去っていく。

「突然音立てて締まった窓枠に、胴体の中央をぺしゃんこに押しつぶされた鳥から流れる血が不規則に車両の床を伝っていた。」列車が停車した。ひとの姿を求めてデッキに出る。雪の降りつづくホームに、チンチラの毛皮帽をかぶった幼い兄たちが遊んでいる。ひゃらひゃらと笑い声が響く。

がらんとした車両の隅から「猛吹雪に鼻をふさがれて窒息死した線路工夫の噂話が雪掻き労務者の間で」呪文のように取り交わされている。声のむこうには難病に冒され、自死する力さえ残っていなかった女(ひと)。横たわる胸の下の見えない川を渡れば、夕映えを失った母の国はどこまでも白い。

○

「私たちはいっしょに長い散歩をしています。森から森へ。窪地から窪地へ。寒さゆえにながいことじっと、外で動かずにいることはできませんが、考えの歩みの中でも同じで、考えている途中に立ち止まることはできないのです」長いことふたりで木々にはばまれた迷路のような道をたどってきた。歩いている間ずっと、雪を抱いた高い樹木の梢から誰かに見下ろされているという感覚があった。ぽんぽんと丸い靴の先に凍りついた雪を払うと、あなたは小さく開いたドアのなかへ滑り込む。パソコンの灯りがともり、背を丸めて作業に向かう姿を窓辺に認めてから、わたしは踵をかえして歩きはじめる。二度と立ちどまることのない深い森へと。

○

「画家は切り株の上に腰を下ろしていた。そばを通り過ぎる時、一度も顔を上げなかった。その様子が不気味で皮剝人は総身が怖気立った」酷寒の森の切り株に腰をおろすと、歯の根も合わないほどの寒さが襲ってくる。まっさらな雪の上に点々とつづく足跡が乱れることなく森の奥へと消えているのを眺めていると、かつて山中で出会った小動物のしなやかな身のこなしが懐かしく思い起こされる。

根雪も降ろうという頃だった。樹木の間からふいに金色の毛並みが姿を現した。

そして鮮やかな紅葉をみせる白樺の根もとに立ちどまり、首をすこし傾げてこちらを見た。それはまるで旧知の友を迎えるような親しげな仕草だった。思いがけない出来事にわたしは胸を躍らせ、卑屈な笑みさえ浮かべながら恐る恐る歩を進めた。お互いが視線を捕らえる距離に近づいたとき、ひたと動かない小さな塑像のまわりにさっと烈しい風が立った。とりどりの落葉を巻き込んで冬近い北の大地の表皮をさらってゆく風のなか、はじかれたように身をひるがえし獣は森の奥へと駆け去った。あっという間の出来事だった。取り残されたわたしは、葉をふるい落としたみすぼらしい木となって、夕暮せまる山道に立ち尽くしていた。

何処へ

がらんとした廊下。煤けた窓から覗く青い空には秋の雲が湧いている。ドアが開いてどうぞと招き入れられる。太い柱のある広い部屋。あちこちに設えられた大きなテーブルには空席が目立つ。案内された席の向かい側にダブルのスーツを着こなした恰幅のよい男が座っている。「まあお座りなさい」低い声だ。椅子をすすめる顔はどこかでみたことがある。挨拶して坐りかけるが済ませておかなくてはならない用事を思い出し、すぐに戻りますのでと立ちあがる。男に心を残しながら分厚い扉を押して外にでると、廊下にはいつの間にか大勢のひとがひしめいている。前へ進もうとすると、鉛色の髪をした女がきつい目をするので仕方なく列のうしろに並ぶ。近くに駅があるのか時おり電車の止まる音がして、運ばれたひとが混みあう廊下に送られてくる。みな心の裡を隠すように俯き黙り込んでいる。こつこつと鋭い音が響く。天井の窓をカラスの群れがつついているのだ。

人波は少しずつ移動しているらしく、振り返っても先ほどの部屋の扉はみえない。男の低い声が懐かしく思い出され、忘れていたその名が唇を突いてでる。待っていたようにひとびとの唇の端からも言葉が漏れはじめ、それが繋がりちいさな歌になりやがて祈りの渦となってひろがってゆく。

髙橋冨美子
東京生まれ。北海道、伊勢、芦屋を経て現在神戸在住。

イリプス同人。二人誌「木想」発行。

日本現代詩人会会員。兵庫県現代詩協会会員。

詩集に『魚のポーズ』、『駒袋』（将棋ペンクラブ大賞佳作）、『塔のゆくえ』（ブルーメール賞）、

『子盗り』（富田砕花賞）など。

現住所
〒六五五－〇八九三　神戸市垂水区日向一－四－一－一四〇一

夢泥棒（ゆめどろぼう）

著者
髙橋冨美子（たかはしふみこ）

発行者
小田久郎

発行所
株式会社 思潮社
〒一六二－〇八四二　東京都新宿区市谷砂土原町三－十五
電話 〇三（五八〇五）七五〇一（営業）
〇三（三二六七）八一四一（編集）

印刷・製本
三報社印刷株式会社

発行日
二〇二一年三月三十一日